陶靖節集卷之五

雜文

桃花源記

并詩桃源經曰桃源山在縣南一十里西北乃沅水曲流而南有障山東帶鈔鑼溪周回三十有二里所謂桃花源也

晉太元中武陵人捕魚為業漁人姓黃名道真緣溪行忘路之遠近忽逢桃花林夾岸數百步中無雜樹芳草鮮美落英繽紛漁人甚異之復前行欲窮其林林盡水源便得一山山有小口髣髴若有光便捨船從口入初極狹纔通人復行數十步豁然開朗土地平曠屋舍儼然有良田美池桑竹之屬阡陌交通鷄犬相聞其中往來種作男女衣着悉如外人黃髮垂髫並怡然自樂見漁人乃大驚問所從來具答之便要還家設酒殺鷄作食村中聞有此人咸來問訊自云先世避秦時亂率妻子邑人來此絶境不復出焉遂與外人間隔問今是何世乃不知有漢無論魏

晉此人一一為具言所聞皆歎惋餘人各復延至其家皆出酒食停數日辭去此中人語云不足為外人道也既出得其船便扶向路處處誌之及郡下詣太守說如此（太守劉歆）太守即遣人隨其往尋向所誌遂迷不復得路南陽劉子驥高尚士也聞之欣然親往未果尋病終後遂無問津者

嬴氏亂天紀賢者避其世黃綺之商山伊人亦云逝往迹浸復湮來逕遂蕪廢相命肆農耕日入從所憩桑竹垂餘蔭菽稷隨時藝春蠶取長絲秋熟靡王稅荒路曖交通雞犬互鳴吠俎豆猶古法衣裳無新製童孺縱行歌班白歡游詣草榮識節和木衰知風厲雖無紀曆誌四時自成歲怡然有餘樂于何勞智慧奇蹤隱五百一朝敞神界淳薄既異源旋復還幽蔽借問游方士焉測塵囂外願言躡輕風高舉尋吾契

唐子西曰唐人有詩云山僧不解數甲子一葉落知天下秋及觀淵明詩云雖無紀曆誌四時自成歲便覺唐人費力如此如桃花源記言尚不知有漢無論魏晉可見造語之簡妙蓋晉人工造語而淵明其尤也

東坡曰世傳桃源事多過其實考淵明所記止言先世避秦亂來此則漁人所

見似是其子孫非秦人不死者也又云殺鷄作食豈有仙而殺者乎舊說南陽有菊水水甘而芳居民三十餘家飲其水皆壽或至百二三十歲蜀青城山老人村有五世孫者道極險遠生不識鹽醯而溪中多枸杞根如龍蛇飲其水故壽近歲道稍通漸能致五味而壽益衰桃源蓋此比也使武陵太守得至焉則

已化為爭奪之場久矣常意天壤間若此者甚衆不獨桃源

胡仔曰東坡此論蓋辯證唐人以桃源為神仙如王摩詰劉夢得韓退之作桃源行是也惟王介甫作桃源行與東坡之論合

桃花源記言太元中事詩云奇蹤隱五百韓退之桃源圖詩又以為六百年洪慶善曰自始皇三十三年築長城明年燔詩書又明年坑儒生三十七年胡亥立三年而滅於漢二漢四百二十五年而為魏魏四十五年而為晉至孝武寧康三年通五百八十八年明年改元太元至太元十二年乃及六百年

趙泉山曰靖節退之雖各舉其歲盈數要之六百載為近實而桃花源事當在

孝武帝太元十三年丁亥前數年間任安貧武陵記直攄奇蹤隱五百之語輒改爲太康中彼不知靖節所記劉子驥者正太元時人

歸去來兮辭 幷序

余家貧耕植不足以自給幼稚盈室缾無儲粟生生所資未見其術親故多勸余爲長吏 令長也 脫然有懷求之靡途會

自性

有四方之事 銜建威命使都 諸侯以惠愛爲德家叔以余貧苦遂見用于小邑 當時刺史得自采辟所部縣令而版授之故云 于時風波未靜心憚遠役彭澤去家百里公田之利足以爲酒故便求之及少日眷然有歸歟之情何則質性自然非矯厲所得饑凍雖切違已交病嘗從人事皆口腹自役於是悵然慷慨深愧平生之志猶望一稔當斂

裳宵逝（詳序意其艱窶就仕可知）尋程氏妹喪于武昌（在廣云程氏妹從夫姓也）情在駿奔自免去職仲秋至冬在官八十餘日因事順心命篇曰歸去來兮乙巳歲十一月也

歸去來兮田園將蕪胡不歸既自以心為形役奚惆悵而獨悲悟已往之不諫知來者之可追寔迷途其未遠覺今是而昨非舟遥遥以輕颺風飄飄而吹衣問征夫以前路恨晨光之熹微

自性

乃瞻衡宇（日欲暮也）載欣載奔僮僕歡迎稚子候門三徑就荒松菊猶存（三輔決録云蔣詡舍中竹下開三逕唯故人求仲羊仲從之遊也）携幼入室有酒盈罇引壺觴以自酌眄庭柯以怡顔倚南窻以寄傲審容膝之易安園日涉以成趣門雖設而常關策扶老以流憩時矯首而遐觀雲無心而出岫鳥倦飛而知還景翳翳以將入撫孤松而盤桓歸去來兮請息交以絶游世與我而相違復駕言兮焉求悦親戚

之情話樂琴書以消憂農人告余以春及將有事於西疇或命巾車或棹孤舟既窈窕以尋壑亦崎嶇而經丘木欣欣以向榮泉涓涓而始流始音試善萬物之得時感吾生之行休已矣乎寓形宇內復幾時曷不委心任去留胡為乎遑遑兮欲何之富貴非吾願帝鄉不可期懷良辰以孤往或植杖而耘耔登東皐以舒嘯臨清流而賦詩聊乘化以歸盡樂夫天命復奚疑

歐陽文忠公曰晉無文章惟陶淵明歸去來兮辭一篇而已

李格非曰陶淵明歸去來兮辭沛然如肺腑中流出殊不見有斧鑿痕

朱文公曰其詞義夷曠蕭散雖託楚聲而無尤怨切蹙之病

休齋曰詩變而為騷騷變而為辭皆可歌也詞則兼詩騷之聲而尤簡邃焉者

漢武帝作秋風辭一章三易韻其節短其聲哀此詞之權輿乎陶淵明罷彭澤令賦歸去來而自命曰辭迨今人歌之頓挫抑揚自協聲韻蓋其詞高甚晉宋而下欲追躡之不能然秋風詞盡蹈襲楚辭未甚敷暢歸去來則自出機杼所謂無首無尾無始無終前非歌而後非辭欲斷而復續將作而遽止謂洞庭鈞

天而不淫謂霓裳羽衣而不綺此其所以超乎先秦之世而與之同軌也

韓子蒼曰傳言淵明以郡遣督郵至即日解印綬去而淵明自叙以程氏妹喪去奔武昌余觀此士既以違己交病又愧役於口腹意不欲仕久矣及因妹喪即去蓋其孝友如此世人但以不屈於州縣吏為高故以因督郵而去此去識

時委命其意固有在矣豈一督郵能為之去就哉躬耕乞食且猶不恥而恥屈於督郵必不然矣

東坡曰俗傳書生入官庫見錢不識或怪而問之生曰固知其為錢但怪其不在紙裹中耳予偶讀淵明歸去來辭云幼稚盈室缾無儲粟乃知俗傳信而有證使缾有儲粟亦甚微矣此翁平生只於缾中見粟也耶

五柳先生傳 并贊

先生不知何許人也亦不詳其姓字宅邊有五柳樹因以為號焉閑靖少言不慕榮利好讀書不求甚解每有會意便欣然忘食性嗜酒家貧不能常得親舊知其如此或置酒而招之造飲輒盡期在必醉既醉而退曾不吝情去留環堵蕭然不蔽風日短褐穿結簞瓢屢空晏如也常

著文章自娱頗示已志忘懷得失以此自終

贊曰

黔婁有言不戚戚於貧賤不汲汲於富貴其言兹若人之儔乎（黔婁註見前）酬觴賦詩以樂其志無懷氏之民歟葛天氏之民歟

藝苑雌黃曰士人言縣令事多用彭澤五株柳雖白樂天六帖亦然以予考之陶淵明潯陽柴桑人也宅邊有五柳樹

因號五柳先生後為彭澤令去家百里則彭澤未嘗有五柳也予初論此人或不然其說比觀南部新書云晉書陶淵明本傳云潛少懷高尚博學善屬文嘗作五柳先生傳以自況先生不知何許人不詳姓字宅邊有五柳樹因以為號焉即非彭澤令時所栽人多於縣令事使五柳誤也豈所謂先得我心之所同

然者與苕溪漁隱曰沈彬詩陶潛彭澤五株柳潘岳河陽一縣花皆誤用也

晉故西征大將軍長史孟府君傳 并贊

君諱嘉字萬年江夏鄂人也曾祖父宗以孝行稱仕吳司馬祖父揖元康中為廬陵太守宗葬武昌新陽縣子孫家焉遂為縣人也君少失父奉母二弟居娶大司馬長沙桓公陶侃第十女閨門孝友人無能間鄉閭稱之冲默有遠量弱冠儔類咸敬之同郡郭遜以清操知名時在君右常歎君溫雅平曠自以為不及遜從弟立亦有才志與君同時齊譽每推服焉由是名冠州里聲流京邑太尉潁川庾亮以帝舅民望受分陝之重鎮武昌并領江州辟君部廬陵從事下郡還亮引見問風俗得失對曰嘉不知還傳當問從吏亮以麈尾掩口而笑諸從事既去喚弟翼語之曰孟嘉故是盛德人也君既辭出外自

除吏便步歸家母在堂兄弟共相歡樂怡怡如也旬有餘日更版為勸學從事時亮崇脩學校高選儒官以君望寔故應尚德之舉大傅河南褚褒簡穆有器識時為豫章太守出朝宗亮正旦大會州府人士率多時彥君在坐次甚遠褒問亮江州有孟嘉其人何在亮云在坐卿但自覓褒歷觀遂指君謂亮曰將無是耶亮欣然而笑喜褒之得君奇君為褒之所得乃益器焉舉

秀才又為安西將軍庾翼府功曹再為江州別駕巴丘令征西大將軍譙國桓溫參軍君色和而正溫甚重之九月九日溫游龍山參佐畢集四弟二甥咸在坐時佐吏並著戎服有風吹君帽墮落溫目左右及賓客勿言以觀其舉止君初不自覺良久如廁溫命取以還之廷尉太原孫盛為諮議參軍時在坐溫命紙筆令嘲之文成示溫溫以著坐處君歸見嘲笑而請筆作答

了不容思文辭超卓四座歎之奉使京師除尚書删定郎不拜孝宗穆皇帝聞其名賜見東堂君辭以脚疾不任拜起詔使人扶入君甞爲剌史謝永别駕永會稽人喪亡君求赴義路由永興高陽許詢有雋才辭榮不仕每縱心獨往客居縣界甞乘船近行適逢君過歎曰都邑美士吾盡識之獨不識此人唯聞中州有孟嘉者將非是乎然亦何由來此使問君之從者君謂其

使曰本心相過今先赴義尋還就君及歸遂止信宿雅相知得有若舊交還至轉從事中郎俄遷長史在朝隤然仗正順而已門無雜賓甞會神情獨得便超然命駕逕之龍山顧景酣宴造夕乃歸温從容謂君曰人不可無勢我乃能駕御卿後以疾終於家年五十一 始自總髮至于知命行不苟合言無夸矜未甞有喜愠之容好酣飲逾多不亂至於任懷得意融然遠寄傍若

無人温嘗問君酒有何好而卿嗜之君笑而答曰明公但不得酒中趣爾又問聽妓絲不如竹竹不如肉答曰漸近自然中散大夫桂陽羅含賦之曰孟生善酣不愆其意光禄大夫南陽劉躭昔與君同在温府淵明從父太常夔嘗問躭君若在當已作公否答云此本是三司人為時所重如此淵明先親君之第四女也凱風寒泉之思寔鍾厥心謹按採行事撰為此傳懼或乖謬有虧大雅君子之德所以戰戰兢兢若履深薄云爾

贊曰

孔子稱進德脩業以及時也君清蹈衡門則令聞孔昭振纓公朝則德音允集道悠運促不終遠業惜哉仁者必壽豈斯言之謬乎

讀史述九章　余讀史記有所感而述之

夷齊

三子讓國相將海隅天人革命絕景窮居采薇
高歌慨想黃虞貞風凌俗爰感懦夫

箕子

去鄉之感猶有遲遲矧伊代謝觸物皆非哀哀
箕子云胡能夷狡童之歌悽矣其悲

管鮑

知人未易相知實難淡美初交利乖歲寒管生
稱心鮑叔必安奇情雙亮令名俱完

程杵

遺生良難士爲知己望義如歸允伊二子程生
揮劍懼茲餘恥令德永聞百代見紀

七十二弟子

恂恂舞雩莫曰匪賢俱映日月共飡至言慟由
才難感爲情悽回也早夭賜獨長年

屈賈

進德脩業將以及時如彼稷契孰不願之嗟乎

二賢逢世多疑候詹寫志感鵩獻辭

韓非

豐狐隱穴以文自殘君子失時白首抱關巧行居災忮辯召患哀矣韓生竟死說難

魯二儒

易代隨時迷變則愚介介若人特為貞夫德不百年汙我詩書逝然不顧被褐幽居

張長公

遠哉長公蕭然何事世路多端皆為我異斂轡朅來獨養其志寢跡窮年誰知斯意

東坡曰讀史述九章夷齊箕子蓋有感而云去之五百餘載吾猶識其意也

葛常之韻語陽秋云淵明讀史九章其間皆有深意其尤章章者如夷齊箕子魯二儒三篇夷齊云天人革命絕景窮居貞風凌俗爰感懦夫箕子云去鄉之

感猶有遲遲矧伊代代謝觸物皆非魯二儒云易代隨時迷變則愚介介若人持為貞夫由是觀之則淵明委身窮巷甘黔婁之貧而不自悔者豈非以恥事二姓而然耶

陶靖節集卷之五

陶靖節集卷之六

賦

感士不遇賦 并序

昔董仲舒作士不遇賦司馬子長又為之余嘗以三餘之日講習之暇讀其文慨然惆悵夫履信思順生人之善行抱朴守靜君子之篤素自眞風告逝大偽斯興閭閻懈廉退之節市朝驅易進之

心懷正志道之士或潛玉於當年潔己清操之人或沒世以徒勤故夷皓有安歸之歎三閭發已矣之哀悲夫寓形百年而瞬息已盡立行之難而一城莫賞此古人所以染翰慷慨屢伸而不能已者也夫導達意氣其惟文乎撫卷躊躇遂感而賦之

咨大塊之受氣何斯人之獨靈稟神智以藏照

秉三五而垂名或擊壤以自歡 韻語陽秋曰藝經云壤以木為之前廣後狹長尺四寸闊三寸其形如履將戲先側擊壤於地遠三四十步以手中壤擊之中者為上蓋古戲也 或大濟於蒼生靡潛躍之非分常傲然以稱情世流浪而遂徂物群分以相形密網裁而魚駭宏羅制而鳥驚彼達人之善覺乃逃祿而歸耕山嶷嶷而懷影川汪汪而藏聲望軒唐而永歎甘貧賤以辭榮淳源汨以長分美惡作以異途原百行之攸貴莫為善之可娛奉上

天之成命師聖人之遺書發忠孝於君親生信義於鄉閭推誠心而獲顯不矯然而祈譽嗟乎雷同毀異物惡其上妙算者謂迷直道者云妄坦至公而無猜卒蒙恥以受謗雖懷瓊而握蘭徒芳潔而誰亮哀哉士之不遇已不在炎帝帝魁之世獨祗脩以自勤豈三省之或廢庶進德以及時時既至而不惠無爰生之晤言 爰盎 念張季之終蔽 釋之 愍馮叟於郎署 唐 賴魏守以納計

尚雖僅然於必知亦苦心而曠歲審夫市之無
虎眩三夫之獻說悼賈傅之秀朗紆遠轡於促
界悲董相之淵致屢乘危而幸濟感哲人之無
偶淚淋浪以灑袂承前王之清誨曰天道之無
親澄得一以作鑒恒輔善而佑仁夷投老以長
饑回早夭而又貧傷請車以備槨悲茹薇而殞
身雖好學與行義何死生之苦辛疑報德之若
茲懼斯言之虛陳何曠世之無才罕無路之不
澀色立切不滑也伊古人之慷慨病奇名之不立廣結
髮以從政不愧賞於萬邑屈雄志於戚豎竟尺
土之莫及留誠信於身後慟衆人之悲泣商盡
規以拯弊言始順而患入奚良辰之易傾胡害
勝其乃急蒼旻遐緬人事無已有感有昧疇測
其理寧固窮以濟意不委曲而累己既軒冕之
非榮豈縕袍之為恥誠謬會以取拙且欣然而
歸止擁孤襟以畢歲謝良價於朝市

閑情賦并序

初張衡作定情賦蔡邕作靜情賦檢逸辭而宗澹泊始則蕩以思慮而終歸閑正將以抑流宕之邪心諒有助於諷諫綴文之士奕代繼作並因觸類廣其辭義余園閭多暇復染翰為之雖文妙不足庶不謬作者之意乎

夫何瓌逸之令姿獨曠世以秀群表傾城之豔

色期有德於傳聞佩鳴玉以比潔齊幽蘭以爭芬淡柔情於俗內負雅志於高雲悲晨曦之易夕感人生之長勤同一盡於百年何歡寡而愁殷褰朱幃而正坐泛清瑟以自欣送纖指之餘好攘皓袖之繽紛瞬美目以流眄含言笑而不分此章說進文容貌之美所宜覩幸曲調將半景落西軒悲商叩林白雲依山仰睇天路俯促鳴絃神儀嫵媚舉止詳妍激清音以感余願接膝以交言欲自

徃以結誓懼冐禮之為諐諐袪言切過失也說文愆字俗作諐待鳳鳥以致辭恐他人之我先意惶惑而靡寧魂須臾而九遷願在衣而為領承華首之餘芳悲羅襟之宵離怨秋夜之未央願在裳而為帶束窈窕之纖身嗟溫涼之異氣或脫故而服新願在髮而為澤刷玄鬢於頹肩悲佳人之屢沐從白水以枯煎願在眉而為黛隨瞻視以閑揚悲脂粉之尚鮮或取毀於華粧願在莞而為席安

弱體於三秋悲文茵之代御方經年而見求願在絲而為履附素足以周旋悲行止之有節空委棄於床前願在晝而為影常依形而西東悲高樹之多蔭慨有時而不同願在夜而為燭照王容於兩楹悲扶桑之舒光奄滅景而藏明願在竹而為扇含淒飈於柔握悲白露之晨零顧襟袖以緬邈願在木而為桐作膝上之鳴琴悲樂極以哀來終推我而輟音考所願而必違徒

契契以苦心（契詰結切）擁勞情而罔訴步容與於南林栖木蘭之遺露翳青松之餘陰儻行行之有覿交欣懼於中懷竟寂寞而無見獨悁想以空尋斂輕裾以復路瞻夕陽而流歎步徙倚以忘趣色慘悽而矜顏葉燮燮以去條氣淒淒而就寒日負影以偕沒月媚景於雲端鳥悽聲以孤歸獸索偶而不還悼當年之晚暮恨茲歲之欲殫思宵夢以從之神飄颻而不安若憑舟之失

棹譬緣崖而無攀于時畢昴盈軒北風淒淒悯悯不寐衆念徘徊起攝帶以伺晨繁霜粲於素階雞斂翅而未鳴笛流遠以清哀始妙密以閑和終寥亮而藏摧意夫人之在茲託行雲以送懷行雲逝而無語時奄冉而就過（宋本云行雲逝而不我留時亦奄冉而就過）徒勤思以自悲終阻山而帶河迎清風以袪累寄弱志於歸波尤蔓草之為會誦邵南之餘歌坦萬慮以存誠憩遙情於八遐

昭明太子序云白璧微瑕惟在閑情一
賦
東坡曰淵明作閑情賦所謂國風好色
而不淫正使不及周南與屈宋所陳何
異而統大譏之此乃小兒強作解事者

陶靖節集卷之六

陶靖節集卷之七

傳贊

天子孝傳贊

虞舜　夏禹　殷高宗

周文王

虞舜父頑母嚚事之於畎畝之閒以孝烝烝是以尭聞而授之富有天下貴為天子以為不順於父母若窮而無婦惟聞親可以得意苟違朝

夕若嬰兒之思戀故稱舜五十而慕書曰夔擊鳴球搏拊琴瑟以詠祖考來格言思其來而訓（一作謂）之愛敬盡於事親是以德教加於百姓刑于四海夏禹有天下以奉宗廟然躬自菲薄以厚其孝孔子曰禹吾無閒然矣菲飲食而致孝乎鬼神惡衣服而致美乎黻冕禹之德於是稱聞聖人之德無以加於孝敬孝敬之道美莫大焉殷高宗諒陰三年不言百官總己而聽於冢

宰三年而後言天下咸歡德教大行殷道以興詩曰一人有慶兆民賴之其此之謂乎周文王之爲世子也朝於王季日三鷄鳴至於寢門問於内竪内竪曰安文王乃喜不安則色憂行不能正履日中暮亦如之食上必視寒溫之節食下必問所膳而後退文王孝道光大其化自近至遠刑于寡妻以御于家邦故得萬國之歡心以事其先王矣

贊曰

至哉后德聖敬自天陶漁致養菲薄享先親瘠色憂諒陰寢言一人有慶千載賴旃

諸侯孝傳贊

周公旦　魯孝公　河間惠王

周公旦武王之弟成王幼少周公攝政制禮作樂郊祀后稷以配天宗祀文王於明堂以配上帝是以四海之内各以其職來祭詩曰於穆清

廟肅雍顯相言諸侯樂其位而敬其事也仲尼曰孝莫大於嚴父嚴父莫大於配天則周公其人也貴而不驕位高彌謙自承文武之休烈孝道通于神明光被四海武王封之於魯備其禮樂以奉宗廟焉魯孝公之為公子周宣王問公子能道訓諸侯者立之樊穆仲稱其孝曰肅恭明神而敬事耆老賦事行刑必問於遺訓咨於故寔不干所問不犯所咨王曰然則能訓理其

民矣乃命之於夷宮是為孝公夫宗廟致敬不忘親也有國不亦宜乎漢河間惠王獻王之曾孫也西京藩臣多驕放之失其名德者唯獻王而惠王繼之漢書稱其能脩獻王之行母薨服喪盡禮哀帝下詔書褒揚以為宗室儀表增封萬户禮古之人皆然至於末俗衰薄固已賢矣貴而率禮又難其見褒賞不亦宜乎

贊曰

貴驕殊途不期而會周公勞謙乃成光大二侯
承魯導儉去泰河間率禮漢宗是賴

卿大夫孝傳贊

孔子　孟莊子　顓考叔

孔子魯人也入則事父兄出則事公卿喪事不敢不勉故稱曰孝乎惟孝友于兄弟是亦爲政也君賜腥必熟而薦之雖蔬食而齋祭如在鄉人儺朝服立於阼階孝之至也至德要道莫大

於孝是以曾參受而書之游夏之徒常咨稟焉許止不嘗藥書以殺父宰我暫言減喪責以不仁言合訓典行合世範德義可尊作事可法遺文不朽揚名千載孟莊子魯人也孔子稱其孝其他可能也其不改父之政與父之臣是難能也夫孝子之事親也事亡如事存故當不義則爭之存所不爭則亡亦不敢改父之道猶謂之孝況終身乎顓考叔鄭人也莊公以叔段之故

親者敎之行莫如禮君子之德風也以身先之
而民不遺其親樂正子春魯人也下堂傷足
瘳數月不出猶有憂色曰吾聞之曾子父母全
而生之己全而歸之可謂孝矣故君子一舉足
一出言不敢忘父母不敢毀傷孝之始也夫能
敬慎若斯而災患及者未之有也孔奮扶風人
也少以孝行著名州里供養至謹在官唯母極
甘美妻息菜食歷任以清夫人情莫不欲厚其

親然亦有分焉奮則難纖能致儉以全養者鮮
矣黃香江夏人也九歲失母思慕骨立事父竭
力以致養冬無被袴而盡滋味暑則扇床枕寒
則以身溫席和帝嘉之特加異賜歷位恭勤
寵祿崇親可謂夙興夜寐無忝爾所生者也

贊曰

顯允群士行如名鈞咸能夙夜以義濟親率彼
城邑用化厥民忠以悟主其孝乃純

貴驕殄途不期而會周公勞謙乃成光大二侯
承曾導儉去泰河間率禮漢宗是賴

卿大夫孝傳贊

孔子　孟莊子　潁考叔

孔子魯人也入則事父兄出則事公卿喪事不敢不勉故稱曰孝乎惟孝友于兄弟是亦為政也君賜腥必熟而薦之雖蔬食而齊祭如在鄉人儺朝服立於阼階孝之至也至德要道莫大

於孝是以曾參受而書之游夏之徒常咨稟焉許止不嘗藥書以殺父宰我暫言減喪責以不仁言合訓典行合世範德義可尊作事可法遺文不朽揚名千載孟莊子魯人也孔子稱其孝其他可能也其不改父之政與父之臣是難能也夫孝子之事親也事亡如事存故當不義則爭之存所不爭則亡亦不敢改父之道猶謂之孝況終身乎潁考叔鄭人也莊公以叔段之故

與毋誓曰不及黃泉無相見也既而悔之考叔爲封人聞之有獻於公公賜之食而舍肉公問之對曰小人有毋未嘗君之羹請以遺之公曰汝有毋遺繄我獨無考叔曰何謂也公語之故且告之悔考叔曰若掘地及泉隧而相見其誰曰不然公從之遂爲毋子如初君子曰頴考叔純孝也愛其毋而施及莊公詩云孝子不匱永錫爾類其是之謂乎

贊曰

仁惟本悌聖亦基孝恂恂尼父固天攸造（一作導）二子承親式禮遵誥永錫純懿無改遺操

士孝傳贊

高柴　樂正子春　孔奮

黃香

高柴衛人也喪親泣血三年未嘗見齒所謂哭不偯言不文也爲武城宰而化行民有不服其

親者改之行喪如禮君子之德風也以身先之而民不遺其親樂正子春曾人也下堂傷足旣瘳數月不出猶有憂色曰吾聞之曾子父母全而生之己全而歸之可謂孝矣故君子一舉足一出言不敢忘父母不敢毀傷孝之始也夫能敬慎若斯而災患及者未之有也孔奮扶風人也少以孝行著名州里供養至謹在官唯母極甘美妻息菜食歷位以清夫人情莫不欲厚其

親然亦有分焉奮則難繼能致儉以全養者鮮矣黃香江夏人也九歲失母思慕骨立事父竭力以致養冬無被袴而盡滋味暑則扇床枕寒則以身溫席漢和帝嘉之特加異賜歷位恭勤寵祿榮親可謂夙興夜寐無忝爾所生者也

贊曰

顯允群士行如名鈞咸能夙夜以義榮親率彼城邑用化厥民忠以悟主其孝乃純

庶人孝傳贊

江革　廉範　汝郁

殷陶

江革齊人也漢章帝時避賊負母而逃賊賢之不害而告其生路竭力傭債以致甘腝和顏悅色以盡歡心欲親之安自挽車以行鄉人歸之號曰江巨孝位至五官中郎將天子嘉焉寵遇甚厚告歸詔書褒美就家禮其終身以顯異行

廉範京兆人也少孤十五入蜀迎父喪過石船覆範執骸（一作抱棺）而沒船人救之僅免於死遂以喪歸及仕郡拯太守於危難送故盡節章帝時為郡守百姓歌詠之夫孝者人之本教之所由生也是以範之臨危也勇宰民也惠能以義顯也汝郁陳郡人也五歲母病不食郁亦不食母憐之強食郁能察色知病輒復不食族人號曰異童年十五著於鄉里父母終思慕致委推財

與兄弟隱於草澤君子以為難況童齓孝於自
然可謂天性也殷陶汝南人也年十二以孝稱
遭父憂卒情合禮有長蛇帶其門舉家奔走陶
以喪柩在焉獨居廬不動親戚扶持曉諭莫能
移之啼號益盛由是顯名屢辭辟命夫智者不
惑勇者不懼陶孝於其親而智勇並彰乎弱齡
斯又難矣

贊曰

事親盡歡其難在色彼養以祿我養以力義在（一作存）
愛敬榮不假飾嗟爾衆庶鑒茲前式

扇上畫贊

荷蓧丈人　長沮桀溺　於陵仲子
張長公　丙曼容　鄭次都
薛孟嘗　周陽珪

三五道邈淳風日盡九流參差互相推隕形逐
物遷心無常準是以達人有時而隱四體不勤

五穀不分超超丈人日夕在耘遼遼沮溺耦耕
自欣入鳥不駭雜獸斯群至矣於陵養氣浩然
蔑彼結駟甘此灌園張生一仕曾以事還顧我
不能高謝人間岧岧丙公望崖輙歸匪驕匪吝
前路威夷鄭叟不合垂釣川瀨交酌林下清言
究微孟嘗遊學天網時疎眷言哲友振褐偕徂
美哉周子稱疾閑居寄心清尚悠然自娛翳翳
衡門洋洋泌流曰琴曰書顧眄有儔飲河旣足
自外皆休緬懷千載託契孤遊

陶靖節集卷之七

陶靖節集卷之八

疏　祭文

與子儼等疏

告儼俟份佚佟天地賦命生必有死自古聖賢誰能獨免子夏有言死生有命富貴在天四友之人親受音旨發斯談者將非窮達不可妄求壽夭永無外請故耶吾年過五十少而窮苦每以家弊東西游走性剛才拙與物多忤自量為

已必貽俗患僶俛辭世使汝等幼而饑寒余嘗感孺仲賢妻之言敗絮自擁何慙兒子此既一事矣但恨隣靡二仲室無萊婦抱茲苦心良獨內愧少學琴書偶愛閑靜開卷有得便欣然忘食見樹木交蔭時鳥變聲亦復歡然有喜常言五六月中北窓下卧遇涼風暫至自謂是羲皇上人意淺識罕謂斯言可保日月遂往機巧好踈緬求在昔眇然如何病患以來漸就衰損親

舊不遺每以藥石見救自恐大分將有限也汝輩稚小家貧每役柴水之勞何時可免念之在心若何可言然汝等雖曰同生（曰一作不）當思四海皆兄弟之義鮑叔管仲分財無猜歸生伍舉班荆道舊遂能以敗為成因喪立功他人尚爾況同父之人哉潁川韓元長（名融）漢末名士身處卿佐七十而終（集本作八十）兄弟同居至于没齒濟北氾（音凡）稚春（晉書氾毓字稚春）晉時操行人也七世同財

家人無怨色詩曰高山仰止景行行止雖不能爾至心尚之汝其慎哉吾復何言

東坡曰吾於淵明豈獨好其詩哉如其為人實有感焉淵明告儼等疏此語蓋實錄也吾真有此病而不蚤自知半世出仕以犯大患此所以深愧淵明欲以晚節師範其萬一也

趙泉山曰或疑此疏覼縷遺訓似過為

身後慮者是大不然且父子之道天性也何可廢乎靖節當易簀之際猶不忘詔其子以人倫大義欲表正風化與夫素隱行怪徒潔身而亂大倫者異矣

又曰吾年過五十少而窮苦每以家弊東西游走當作年過三十按靖節從此十一年間自潯陽至建業再返又至江陵再返故云東西游走及四十一歲序

其倦游於歸去來云心憚遠役四十八歲答龐參軍詩云我實幽居士無復東西緣若年過五十時投閑十年矣尚何遊宦之有

東塾燕談曰淵明與子儼疏余嘗感儒仲賢妻之言集本作孺今從漢書敗絮自擁何慙兒子此蓋一事矣但恨隣靡二仲室無萊婦抱玆苦心良獨內愧按范曄後漢

書王霸傳霸字儒仲又列女傳霸少立
高節光武時連徵不仕霸與同郡令狐
子伯為友後子伯為楚相而其子為郡
功曹子伯遣子奉書於霸客去而久卧
不起妻怪問其故霸曰向見令狐子容
服甚光舉措有適而我兒蓬髮歷齒未
知禮則見客而有慚色父子恩深不覺
自失耳妻曰君少修清節不顧榮祿今

子伯之貴孰與君之高君躬勤苦子安
得不耕以養既耕安得不黄頭歷齒奈
何忘宿志而慙兒女子乎霸屈起而笑
曰有是哉遂共終身隱遯又嵇康高士
傳求仲羊仲皆治車為業挫廉逃名蔣
元卿之去兖州還杜陵荊棘塞門舍中
有三徑不出唯二人從之游時人謂之
二仲亦載三輔決錄又劉向列女傳楚

老萊子逃世耕於蒙山之陽莞葭爲牆蓬蒿爲室衣緼飲水食菽墾山播種五穀或言於楚王曰老萊隱士也王使人聘以璧帛不來王遂駕至老萊之門老萊方織畚王曰願先生臨之老萊子曰僕山野之人也不足以守政王復曰願終變先生之志老萊子曰諾王去有間其妻戴畚挾薪而來謂老萊子曰是何

車跡之衆也老萊子曰楚王欲使吾守楚國之政妻曰子許之乎老萊子曰然妻曰妾聞之可食以酒肉者可隨以鞭捶可授以官祿者可隨以鈇鉞今先生食人之酒肉受人之官祿此皆人之所制也居亂世而爲人所制能免於患乎老萊子遂隨其妻至於江南而止

祭程氏妹文

維晉義熙三年五月甲辰程氏妹服制再周淵明以少牢之奠俛而酹之嗚呼哀哉寒往暑來日月寖疎梁塵委積庭草荒蕪寥寥空室哀哀遺孤肴觴虛奠人逝焉如誰無兄弟人亦同生嗟我與爾特百常情（謝玄傳痛百常情作迫非）慈妣早世時尚孺嬰我年二六爾纔九齡爰從靡識撫髫相成咨爾令妹有德有操靖恭鮮言聞善則樂能正能和惟友惟孝行止中閨可象可傚我聞

為善慶自己蹈彼蒼何偏而不斯報昔在江陵重罹天罰（晉安帝隆安五年秋七月赴駕還江陵是冬母孟氏卒）兄弟索居乖隔楚越伊我與爾百哀是切黯黯高雲蕭蕭冬月白雲掩晨長風悲節感惟崩號興言泣血尋念平昔觸事未遠書疏猶存遺孤滿眼如何一往終天不返寂寂高堂何時復踐藐藐孤女曷依曷恃煢煢遊魂誰主誰祀奈何程妹於此永已死如有知相見蒿里嗚呼哀哉

祭從弟敬遠文

歲在辛亥月惟仲秋旬有九日從弟敬遠卜辰云窆永寧右土感平生之游處悲一往之不返情惻惻以摧心淚愍愍而盈眼乃以園果時醪祖其將行嗚呼哀哉於鑠吾弟有操有槩孝發同齡友自天愛少思寡欲靡執靡介後己先人臨財思惠心遺得失情不依世其色能溫其言則厲樂勝朋高好是文藝遙遙帝鄉爰感奇心

絕粒委務考槃山陰淙淙（在宗切水聲也）懸溜曖曖荒林晨採上藥夕閑素琴曰仁者壽竊獨信之如何斯言徒能見欺年甫過立奄與世辭長歸蒿里邈無還期惟我與爾匪但親友父則同生母則從母（從音縱爾雅曰母之姊妹為從母）相及齠齔（齠與齔義同毀齒也家語曰男子八歲而齔齠音條齔音覲）並羅偏咎（靖節年三十七母孟氏卒是偏咎為怙也）夫斯情實深斯愛實厚念疇昔日同房之歡冬無縕褐夏渴瓢簞相將以道相開以顏豈

不多乏忽忘饑寒余嘗學仕纏緜人事流浪無成懼負素志斂策歸來爾知我意常願攜手寘彼衆意每憶有秋我將其刈與汝偕行舫舟同濟三宿水濱樂飲川界靜月澄高溫風始逝撫杯而言物久人脆奈何吾弟先我離世事不可尋思亦何極日徂月流寒暑代息死生異方存亡有域候晨永歸指塗載陟呱呱遺稚未能正言哀哀嫠人（寡婦也）禮儀孔閑庭樹如故齋宇廓然孰云敬遠何時復還余惟人斯昧茲近情著龜有吉制我祖行望旐翩翩執筆涕盈神其有知昭余中誠嗚呼哀哉

自祭文

歲惟丁卯律中無射天寒夜長風氣蕭索（音瑟）陶子將辭逆旅之館永歸於本宅故人悽其相悲同祖行於今夕羞以嘉蔬薦以清酌候顏已宜聆音愈漠嗚呼哀哉茫茫大塊悠悠高旻是生

萬物余得為人自余為人逢運之貧簞瓢屢罄
絺綌冬陳含歡谷汲行歌負薪翳翳柴門事我
宵晨春秋代謝有務中園載耘載耔迺育迺繁
欣以素牘和以七弦冬曝其日夏濯其泉勤靡
餘勞心有常閒樂天委分以至百年惟此百年
夫人愛之懼彼無成愒日惜時存為世珍沒亦
見思嗟我獨邁曾是異茲寵非已榮涅豈吾緇
捽兀窮廬酣飲賦詩識運知命疇能罔眷余今

斯化可以無恨壽涉百齡身慕肥遁從老得終
奚所復戀寒暑逾邁亡既異存外姻晨來良友
宵奔葬之中野以安其魂窅窅我行窅烏了切深日也
蕭蕭墓門奢侈宋臣儉笑王孫廓兮已滅慨焉
已遐不封不樹日月遂過匪貴前譽孰重後歌
人生實難死如之何嗚呼哀哉

此文乃靖節之絕筆也

東坡曰淵明自祭文出妙語於纊息之

餘豈涉死生之流哉

陶靖節集卷之八